Auteur inconnu

Almanach du Voleur illustré. 4me année 1861

Anatiposi

Auteur inconnu

Almanach du Voleur illustré. 4me année 1861

Réimpression inchangée de l'édition originale de 1860.

1ère édition 2023 | ISBN: 978-3-38270-122-2

Anatiposi Verlag est une marque de Outlook Verlagsgesellschaft mbH.

Verlag (Éditeur): Outlook Verlag GmbH, Zeilweg 44, 60439 Frankfurt, Deutschland
Vertretungsberechtigt (Représentant autorisé): E. Roepke, Zeilweg 44, 60439 Frankfurt, Deutschland
Druck (Imprimerie): Books on Demand GmbH, In de Tarpen 42, 22848 Norderstedt, Deutschland

ALMANACH
DU VOLEUR

ILLUSTRÉ

Prix : 50 centimes

1861

Il compilait, compilait, compilait.

AU DÉPOT CENTRAL DES ALMANACHS

18, RUE DE SEINE

Et chez tous les Libraires de Paris et de la Province

TIRAGE : **24,000** EXEMPLAIRES PAR SEMAINE

LE VOLEUR

ILLUSTRÉ

ON S'ABONNE

A Paris, rue Neuve-des-Petits-
Champs, 33.

En province, chez les li-
braires, aux message-
ries, et directement par
un mandat de poste,
des timbres-poste ou un
mandat à vue sur Paris.

PRIX DE L'ABONNEMENT

Paris : Un an, 6 fr.—Six
mois, 3 fr. 50 c — Un
numéro, 10 cent.
Province: Un an, 8 fr. —
Six mois, 4 fr. 50 c. —
Un numéro, 15 cent.
Étranger : Suivant les
conventions postales.

*Tous les Vendredis un numéro de 16 pages grand in-4° à 3 colonnes
avec de nombreuses vignettes d'imagination et d'actualité.*

Le Voleur illustré est une véritable encyclopédie hebdomadaire. qui reproduit le mouvement de la presse littéraire, scientifique, satirique, judiciaire, dans ce que c.iacune d'entre elles a de plus récréatif et de plus digne d'intérêt.

La partie pittoresque du Voleur illustré ne le cède en rien à son texte. Elle se compose de portraits, actualités de tout genre, copies de tableaux de maîtres, compositions de fantaisie, caricatures, croquis drôlatiques et rébus.

Le *Voleur illustré* donne en prime à tout abonné nouveau un des deux romans ci-dessous indiqués :

Manon Lescaut, par l'abbé Prévost, illustré par Godefroy Durand.
Paul et Virginie, par Bernardin de Saint-Pierre, illustré par Ed. de Beaumont.

Nota. — Moyennant 25 francs à Paris, 30 francs en province, on reçoit : 1° les 4 premières années bien reliées du Voleur illustré, soit 4 volumes de 800 pages chacun illustré de 200 à 300 gravures ; 2° les numéros parus ou à paraître de la 5e année (1er novembre 1860 au 31 octobre 1861) ; 3° *Manon Lescault* ou *Paul et Virginie*, au choix.

MAISON SPÉCIALE DE BLANC DE VENDOME-HIRNE

Qui vend le meilleur marché de tout Paris

21, rue de la Chaussée-d'Antin, entre la rue Neuve-des-Mathurins et la rue Saint-Nicolas-d'Antin

Cette Maison, on le sait, est un Dépôt direct des fabriques de Lille, Lisieux et Saint-Quentin ; s'adresser à elle, c'est s'adresser au fabricant lui-même

La loyauté de sa vente, la qualité supérieure et la réduction considérable appliquée à toutes ses marchandises, lui ont justement acquis la faveur et la confiance générales. Les personnes qui ont des achats de blanc à faire ne sauraient trouver ailleurs les avantages énormes qui leur sont offerts par cette maison, qui peut aujourd'hui, à bon droit, se dire la première de son genre et celle qui vend réellement à des prix fabuleux de bon marché.

Entre autres articles avantageux qu'elle a mis en vente, nous signalerons seulement :

100 pièces de toile pour chemises, qualité extra.	valant 2 f. 60	seront vendus	1 60
100 — pour draps de maîtres	— 2 25	—	1 50
30 — largeur 1 20.	— 2 50	—	1 95
80 — 8/4 pour draps sans couture. . .	— 5 75	—	3 60
60 — jaune extra-forte, pour draps de domestiques. .	— 1 50	—	1 05
50 — torchons chanvre.	— » 70	—	» 55
55 services damassés pur fil.	— 50 »	—	26 »
100 Nappes garanties pur fil, liteaux bleu et blanc.	— 4 25	—	2 95
80 paquets serviettes liteaux rouges (4 douz., par pièce) les 4 douz. .	— 28 »	—	19 50
50 pièces pr le anglais pur fil pour serviettes de toilette.	— 1 70	—	1 15
1,000 douzain. s mouchoirs, la pièce de 3 douzaines. .	— 29 »	—	19 50
4,000 — pour homme, la pièce de 3 douzaines. .	— 52 »	—	35 »
300 — ourlets à jour, le mouchoir. .	— 1 75	—	» 95
400 pièces madapolam pour chemises, les 50 mètres, prix réel.	— 40 »	—	25 »
3,000 — vendus à prix de fabriq., depuis.	— » »	—	» 60
2,000 pièces toiles cotou écru.	— » 75	—	» 55
500 grands rideaux brodés, hauteur 3 m., prix réel. .	— 15 »	—	9 »
800 — dessins extra-riches, prix réel.	— 50 »	—	25 »
2,000 paires petits rideaux brodés, hauteur 2 m., la paire. .	— 8 50	—	4 75
2,000 couvertures de laine, depuis.	— » »	—	2 95

LINGE CONFECTIONNÉ.

10,000 douzaines, telles que tabliers d'office et de cuisine, nappes, serviettes, taies d'oreillers, torchons et essuie-mains, draps de maîtres et de domestiques.

1,000 gilets de flanelle de toutes couleurs.	valant 11 fr. 75	vendus 6 fr. 90
40 douzaines chemises madapolam, gorges et manches piquées	— 3 75	— 2 50
50 — festonnées.	— 6 50	— 4 25
50 — de nuit madapolam, manches longues. . . .	— 7 25	— 5 25
40 — camisoles percale, cols et manches festonnées. . .	— 9 50	— 7 50
30 — brodés riches.	— 30 »	— 20 »
150 jupons percale petits plis, 4 lézes.	— 15 »	— 9 »
60 — broderie de Nancy. . . .	— 13 »	— 8 50
400 cols brodés	— 6 »	— 2 75

COLS ET PARURES, GUIPURE D'IRLANDE, VENDUS AU-DESSOUS DU PRIX DE FABR QUE

Plusieurs lots de lingerie, de Valenciennes et d'application, seront vendus à moitié prix.— 1,500 Jupons aachens, haute nouveauté, valant 24 fr., vendus 15 fr.

Les magasins sont fermés les dimanches et fêtes.

ALMANACH
DU VOLEUR

ILLUSTRÉ

Prix : 50 centimes

1861

Il compilait, compilait, compilait.

AU DÉPOT CENTRAL DES ALMANACHS

18, RUE DE SEINE

Et chez tous les Libraires de Paris et de la Province

1860?

CALENDRIER DU VOLEUR ILLUSTRÉ

JANVIER	FÉVRIER	MARS	AVRIL

jours croissent de 1 heure 6 m. | Les jours croissent de 1 h. 32 m. | Les jours croissent de 1 h. 50 m. | Les jours croissent de 1 h 42 m.

	JANVIER		FÉVRIER		MARS		AVRIL
mardi	Circoncision	1 vendredi	Ignace	1 vendredi	Aubin	1 lundi	Hugues
mercredi	s Basile, évêque	2 samedi	Purification	2 samedi	Simplice	2 mardi	Franç. de P.
jeudi	ste Geneviève	3 4 DIMANCHE	Bl.ise, Sex.	3 3 DIMANCHE	ste Cunégonde. Oc.	3 mercredi	Richard
vendredi	Rigobert	4 lundi	Gilbert	4 lundi	Casimir	4 jeudi	Isidore
samedi	Siméon	5 mardi	ste Agathe	5 mardi	Théodore	5 vendredi	Ambroise
DIMANCHE	Épiphanie	6 mercredi	Wast	6 mercredi	ste Colette	6 samedi	Prudent
lundi	Theulou	7 jeudi	Romuald	7 jeudi	Thomas	7 1 DIMANCHE	Egésip. Quas.
mardi	Lucien	8 vendredi	Jean du Matin	8 vendredi	Jean de Dieu	8 lundi	Edme
mercredi	Furcy	9 samedi	ste Apolline	9 samedi	s Françoise	9 mardi	ste Marie Ég.
jeudi	Paul, ermite	10 5 DIMANCHE	ste Scholast. Quin.	10 4 DIMANCHE	s Tara. Lætare	10 mercredi	ste Aseline
vendredi	Théodore	11 lundi	s Severin	11 lundi	40 Martyrs	11 jeudi	Jules
samedi	Arcade	12 mardi	ste Eulalie. m. g.	12 mardi	Pol, évêque	12 vendredi	ste Godeberte
1 DIMANCHE	Bap. N.-S.	13 mercredi	Cendres	13 mercredi	ste Euphrasie	13 samedi	Marcellin
lundi	Hilaire	14 jeudi	Val-ntin	14 jeudi	Luban	14 2 DIMANCHE	Justin
mardi	Maur	15 vendredi	Faustin	15 vendredi	Longin	15 lundi	Paterne
mercredi	Guillaume	16 samedi	Onésime	16 samedi	Cyriaque	16 mardi	Fructueux
jeudi	Antoine	17 1 DIMANCHE	Sylvain. Quadr.	17 5 DIMANCHE	Passion	17 mercredi	Anicet
vendredi	Ch. s Pierre	18 lundi	Siméon	18 lundi	s Alexandre	18 jeudi	Parfait
samedi	Sulpice	19 mardi	Gabri l	19 mardi	Joseph	19 vendredi	Léon
2 DIMANCHE	Sébastien	20 mercredi	Eucher. Q. T.	20 mercredi	Joachim	20 samedi	Anselme
lundi	ste Agnès	21 jeudi	Pepin	21 jeudi	Benoit	21 2 DIMANCHE	ste Hildegonde
mardi	s Vincent	22 vendredi	C. s. Pierre	22 vendredi	Léo	22 lundi	sts Opportune
mercredi	Ildefonse	23 samedi	ste Isabelle	23 samedi	s Victorien	23 mardi	Georges
jeudi	Babilas	24 2 DIMANCHE	s Mathias. Rem.	24 6 DIMANCHE	Rameaux	24 mercredi	Robert
vendredi	Conv. Paul	25 lundi	ste Ternise	25 lundi	Annunciation.	25 jeudi	Marc
samedi	ste Paule	26 mardi	s Alexis	26 mardi	s Ludger	26 vendredi	Clet
3 DIMANCHE	ste Julienne. Sep.	27 mercredi	s Léandre	27 mercredi	s Rupert	27 samedi	Anthime
lundi	s Charlemagne	28 jeudi	s Romain	28 jeudi	s Gontran	28 4 DIMANCHE	Polycarpe
mardi	s François de Sales			29 vendredi	Vendr. Saint.	29 lundi	Vital
mercredi	ste Bathilde			30 samedi	Rieule	30 mardi	Eutrope
jeudi	s Pierre n.			31 DIMANCHE	PAQUES.		

D. Q. le 4, à 2 h. 3 m. du matin. | D. Q. le 2, à 10 h. 8 m. du matin. | D. Q. le 3, à 7 h. 26 m. du soir. | D. Q. le 2, à 6 h. 34 m. du matin.
L. le 11, à 2 h. 27 m. du matin. | N. L. le 9, à 6 h. 14 m. du soir. | N. L. le 11, à 1 h. 47 m. du soir. | N. L. le 10, à 7 h. 5 m. du soir.
Q. le 19, à 4 h. 10 m. du matin. | P. Q. le 18, à 0 h. 29 m. du matin. | P. Q. le 17, à 5 h. 44 m. du soir. | P. Q. le 18, à 9 h. 55 m. du matin.
L. le 26, à 5 h. 16 m. du soir. | P. L. le 25, à 4 h. 52 m. du matin. | P. L. le 26, à 2 h. 24 m. du soir. | P. L. le 24, à 10 h. 32 m. du soir.

MAI	JUIN	JUILLET	AOUT

jours croissent de 1 h 19 m. | Les jours croissent de 0 h. 35 m. | Les jours décroissent de 1 h. 0 m. | Les jours décroissent de 1 h. 38 m.

	MAI		JUIN		JUILLET		AOUT
mercredi	Philippe	1 samedi	Thierri	1 lundi	Martial	1 jeudi	Pierre ès liens
jeudi	Athanase	2 2 DIMANCHE	Potin	2 mardi	Visitation de N-D.	2 vendredi	Etienne
vendredi	Inv. ste Croix	3 lundi	ste Clotilde	3 mercredi	Anatole	3 samedi	Invent. s. Etienne
samedi	ste Monique	4 mardi	Quirin	4 jeudi	Tr. s Martin	4 1 DIMANCHE	Domini que
3 DIMANCHE	s Augustin	5 mercredi	Boniface	5 vendredi	ste Zoé, martyre	5 lundi	s Yon, martyr
lundi	s J. P. L. Rog.	6 jeudi	Claude	6 samedi	s Tranquille	6 mardi	Tr. de N-S.
mardi	Stanislas	7 vendredi	Paul	7 2 DIMANCHE	s Auberge	7 mercredi	Gaétan
mercredi	Désiré	8 samedi	Médard	8 lundi	ste Priscille	8 jeudi	Justin
jeudi	Ascension	9 3 DIMANCHE	Prima	9 mardi	ste Véronique	9 vendredi	Spire, v.
vendredi	s Gordien	10 lundi	Landri	10 mercredi	ste Félicité	10 samedi	s Laurent
samedi	Mamert	11 mardi	Barnabé	11 jeudi	Tr. s. Benoit	11 12 DIMANCHE	S. de ss C.
6 DIMANCHE	Porphyre	12 mercredi	Basilide	12 vendredi	s Gualbert	12 lundi	ste Claire
lundi	s Servais	13 jeudi	Ant. de P.	13 samedi	Turiaf	13 mardi	Hippolyte
mardi	s Isambert	14 vendredi	Rufin	14 3 DIMANCHE	s Bonaventure	14 mercredi	Eus., v. f.
mercredi	ste Delphine	15 samedi	ste Modeste	15 lundi	s Henri	15 jeudi	Assomption.
jeudi	s Honoré	16 4 DIMANCHE	Forgeau	16 mardi	N. D. M. C.	16 vendredi	Roch
vendredi	s Pascal	17 lundi	Avit	17 mercredi	s Alexis	17 samedi	Mamart
samedi	Ern. v. f.	18 mardi	ste Marine	18 jeudi	Clair	18 13 DIMANCHE	ste Hélène
DIMANCHE	Pentecôte	19 mercredi	Gervais	19 vendredi	s Vincent de Paul	19 lundi	s Louis, évêque
lundi	s Bernard	20 jeudi	Silvère	20 samedi	ste Marguerite	20 mardi	Bernard
mardi	ste Virginie. Q. T.	21 vendredi	Leufroi	21 9 DIMANCHE	s Victor	21 mercredi	Privat
mercredi	ste Félix	22 samedi	Paulin	22 lundi	ste Madeleine	22 jeudi	Symphorien
jeudi	s Didier	23 5 DIMANCHE	Félix	23 mardi	s Apollinaire	23 vendredi	Sidoine
vendredi	ste Jeanne	24 lundi	Jean-Baptiste	24 mercredi	Christ, v.	24 samedi	Berthélemy
samedi	s Urbain	25 mardi	Prosper	25 jeudi	Jacq., s. C.	25 14 DIMANCHE	Louis, roi
1 DIMANCHE	s Adolphe. Tri.	26 mercredi	Babolein	26 vendredi	Tr. de s. Marcel	26 lundi	Zéphirin
lundi	s Hilaire	27 jeudi	Crescent	27 samedi	s Anne	27 mardi	Césaire
mardi	s Germain	28 vendredi	Irénée	28 10 DIMANCHE	s Augustin	28 mercredi	Augustin
mercredi	Maximilien	29 samedi	Pierre, s. Paul	29 lundi	ste Marthe	29 jeudi	Déc. s. Jean
jeudi	FÊTE-DIEU.	30 6 DIMANCHE	Com. s. Paul	30 mardi	s Abdon	30 vendredi	Fiacre
vendredi	sts Petronile			31 mercredi	s Germ. d'Auxer.	31 samedi	Ovide

Q. le 1, à 7 h. 41 m. du soir. | N. L. le 8, à 1 h. 47 m. du soir. | N. L. le 9, à 3 h. 21 m. du matin | N. L. le 6, à 1 h. 3 m. du soir.
L. le 9, à 11 h. 17 m. du soir. | P. Q. le 15, à 5 h. 25 m. du soir. | P. Q. le 16, à 2 h. 57 m. du matin. | P. Q. le 13, à 7 h. 25 m. du matin.
Q. le 17, à 4 h. 12 m. du soir. | P. L. le 22, à 2 h. 32 m. du soir. | P. L. le 22, à 0 h. 15 m. du matin. | P. L. le 20, à midi.
L. le 24, à 6 h. 15 m. du soir. | D. Q. le 30, à 2 h. 50 m. du matin. | D. Q. le 29, à 5 h. 1 m. du soir. | D. Q. le 28, à 5 h. 32 m. du soir.
Q. le 31, à 10 h. 25 m. du soir. | | |

SEPTEMBRE

Les jours décroissent de 1 h. 43 m.

1	15 Dimanche	s Leu, s Gilles
2	lundi	s Lazare
3	mardi	s Grégoire
4	mercredi	ste Rosalie
5	jeudi	s Bertin
6	vendredi	s Onésippe
7	samedi	s Cloud
8	16 Dimanche	Nativité
9	lundi	s Omer, év.
10	mardi	ste Pulchérie
11	mercredi	s Patient
12	jeudi	s Serdot
13	vendredi	s Aimé
14	samedi	Ex. ste Croix
15	17 Dimanche	s Nicomède
16	lundi	s Cyprien
17	mardi	s Lambert
18	mercredi	s Jean Chrys. Q.T.
19	jeudi	s Janvier
20	vendredi	s Eustache
21	samedi	s Mathieu
22	18 Dimanche	s Maurice
23	lundi	ste Thècle
24	mardi	s Andorbe
25	mercredi	s Firmin
26	jeudi	ste Justine
27	vendredi	s Côme, s. D.
28	samedi	s Céran
29	19 Dimanche	s Michel A.
30	lundi	s Jérôme

N. L. le 4, à 10 h. 21 m. du soir.
P. Q. le 11, à 11 h. 25 m. du soir.
P. L. le 19, à 2 h. 10 m. du matin.
D. Q. le 27, à 6 h. 32 m. du matin.

OCTOBRE

Les jours décroissent de 1 h 46 m.

1	mardi	s Remi, é.
2	mercredi	s Aug. G.
3	jeudi	s Denis, a.
4	vendredi	s François d'Ass.
5	samedi	s Aure, v.
6	20 Dimanche	s Bruno
7	lundi	s Serge, s B.
8	mardi	ste Thaïs
9	mercredi	s Denis, é.
10	jeudi	s Gerson
11	vendredi	s Venant
12	samedi	s Vilfride
13	21 Dimanche	s Édouard
14	lundi	s Caliste
15	mardi	ste Thérèse
16	mercredi	s Léopold
17	jeudi	s Cerbonet
18	vendredi	s Luc, év.
19	samedi	s Savinien
20	22 Dimanche	s Sendou
21	lundi	ste Ursule
22	mardi	s Mellon
23	mercredi	s Hilarion
24	jeudi	s Magloire
25	vendredi	s Crépin, s Cr.
26	samedi	s Rustique
27	23 Dimanche	ste Frumence, v.
28	lundi	s Simon, s Jude
29	mardi	s Faron
30	mercredi	s Lucain
31	jeudi	s Quentin, v. f.

N. L. le 4, à 7 h. 6 m. du matin
P. Q. le 10, à 10 h. 19 m. du soir.
P. L. le 18, à 6 h. 47 m. du soir.
D. Q. le 26, à 10 h. 3 m. du soir.

NOVEMBRE

Les jours décroissent de 1 h. 19 m.

1	vendredi	TOUSSAINT
2	samedi	Trépassés
3	25 Dimanche	s Marcel
4	lundi	s Charles
5	mardi	ste Berthile
6	mercredi	s Léonard
7	jeudi	s Wilbrode
8	vendredi	stes Reliques
9	samedi	s Mathurin
10	26 Dimanche	s Léon
11	lundi	s Martin
12	mardi	s René, é.
13	mercredi	s Brice, é.
14	jeudi	s Achille
15	vendredi	s Eugène
16	samedi	s Eucher
17	26 Dimanche	s Agnan
18	lundi	ste Aude
19	mardi	ste Elisabeth
20	mercredi	s Edmond
21	jeudi	Présentat. de la V.
22	vendredi	ste Cécile
23	samedi	s Clément
24	27 Dimanche	ste Flore
25	lundi	ste Catherine
26	mardi	ste Geneviève A.
27	mercredi	s Scithès
28	jeudi	s Séverin
29	vendredi	s Saturnin
30	samedi	s André

N. L. le 2, à 4 h. 12 m. du soir.
P. Q. le 9, à 10 h. 33 m. du matin.
P. L. le 17, à 1 h. 16 m. du soir.
D. Q. le 25, à 11 h. 16 m. du matin.

DÉCEMBRE

Les jours décroissent de 0 h. 16 m.

1	1 Dimanche	s Eloi. Avent
2	lundi	s François-Xavier
3	mardi	s Mirocle
4	mercredi	ste Barbe
5	jeudi	s Sabas, a.
6	vendredi	s Nicolas
7	samedi	ste Fare, v.
8	2 Dimanche	Conception
9	lundi	ste Léocadie
10	mardi	ste Valère
11	mercredi	s Fuscien
12	jeudi	s Damas
13	vendredi	ste Luce, v.
14	samedi	s Nicaise
15	3 Dimanche	s Mesmin
16	lundi	ste Adélaïde
17	mardi	ste Olympe
18	mercredi	s Gratien, Q. T.
19	jeudi	s Meurice
20	vendredi	ste Philogone
21	samedi	s Thomas
22	4 Dimanche	s Honorat
23	lundi	ste Victoire
24	mardi	s Yves, v. f.
25	mercredi	NOEL.
26	jeudi	s Étienne
27	vendredi	s Jean, ap.
28	samedi	s Innocents
29	Dimanche	s Thomas C.
30	lundi	ste Colombe
31	mardi	s Sylvestre

N. L. le 2, à 0 h. 26 m. du matin.
P. Q. le 9, à 3 h. 19 m. du matin.
P. L. le 17, à 5 h. 17 m. du matin.
D. Q. le 24, à 10 h. 0 m. du soir.
N. L. le 31, à 2 h. 3 m. du soir.

PHÉNOMÈNES ASTRONOMIQUES POUR L'ANNÉE 1861

Diverses mesures du temps

Année de la période Julienne	6574
Depuis la première Olympiade d'Iphitus jusqu'en juillet	2637
De la fondation de Rome selon Varron (mars)	2614
De l'époque de Nabonassar depuis février	2608
De la naissance de Jésus-Christ	1861

L'année 1277 des Turcs commence le 20 juillet 1860 et finit le 8 juillet 1861.

Fêtes annuelles et mobiles

La Septuagésime	27 janvier.
Les Cendres	13 février.
Pâques	31 mars.
Les Rogations	6, 7 et 8 mai.
Ascension	9 mai.
La Pentecôte	19 mai.
La Trinité	26 mai.
La Fête-Dieu	30 mai.
L'Avent	1er décemb.

Quatre-temps

Février	20, 21 et 22
Mai	22, 24 et 25
Septembre	18, 20 et 21
Décembre	18, 20 et 21

Saisons

Le Printemps commencera le 20 mars, à 2 heures 57 minutes du soir.

L'Été commencera le 21 juin, à 11 heures 44 minutes du matin.

L'Automne commencera le 23 septembre, à 1 heure 57 minutes du matin.

L'Hiver commencera le 21 décembre, à 7 heures 44 minutes du soir.

Éclipse de l'année 1861

Le 11 janvier 1861, éclipse annulaire de soleil, invisible à Paris.

Les 7 et 8 juillet 1861, éclipse annulaire de soleil, invisible à Paris.

Le 12 novembre 1861, passage de Mercure sur le soleil, en partie visible à Paris.

Passage relatif au centre de la terre.

Entrée le 12 novembre à 5 heures 24 minutes du matin.	
Milieu	à 7 heures 76 minutes.
Sortie	à 9 heures 27 minutes.

Le 17 décembre 1861, éclipse partielle de lune, en partie visible à Paris.

Commencement de l'éclipse, à 7 heures 36 minutes du matin

Milieu de l'éclipse, à 8 heures 26 minutes du matin.

Fin de l'éclipse, à 7 heures 18 minutes du matin.

Le 31 décembre 1861, éclipse totale de soleil, en partie visible à Paris.

Commencement de l'éclipse, à Paris, à 2 heures 2 minutes du soir.

Sa plus grande phase, à 3 heures 7 minutes du soir.

Fin de l'éclipse, à 4 heures 8 minutes du soir.

ÉTOILES DE L'ANNÉE 1860.

Monseigneur le cardinal Antonelli.

LE PAPE PIE IX

Sa Sainteté le pape Pie IX, dont le nom et la personne se sont trouvés mêlés aux grands événements accomplis depuis 1859 en Italie, est né le 13 mai 1792, à Sinigaglia, d'une famille d'épée.

D'une santé trop débile pour embrasser la carrière des armes, il entra fort jeune dans les ordres et devint successivement évêque de Spolète, archevêque d'Imola, puis cardinal.

Élu pape en 1846, à la mort de Grégoire XVI, il quitta le nom de Jean-Marie Mattaï Feretti pour prendre celui de Pie IX.

Peu de temps après l'assassinat de Rossi, son ministre, survenu durant les troubles provoqués à Rome par le contre-coup de la révolution de 1848, le Saint-Père se réfugia à Gaëte, sous l'égide du roi de Naples, Ferdinand II. La protection du prince Napoléon, président de la république française, le rétablit sur le trône pontifical après le mémorable siège de Rome.

LE CARDINAL ANTONELLI

Giacomo Antonelli, né le 2 avril 1806, à Sonnio, près de Terracine, est le fils d'un simple bûcheron. Son père, après avoir amassé une petite fortune, le plaça au grand séminaire de Rome, où il se fit remarquer par son intelligence et son application. Distingué dès son ordination par le pape Grégoire XVI, il parvint assez rapidement aux premières dignités de l'Église et aux postes les plus élevés de l'État. La mort de Grégoire XVI n'interrompit point sa carrière politique : sa faveur se

Monseigneur Dupanloup.

maintint pleine et entière auprès du nouveau pontife Pie IX, dont il fut longtemps le ministre préféré, puis le conseiller intime, et qu'il accompagna à Gaëte, lors des événements qui suivirent le meurtre de Rossi.

A son retour à Rome (12 avril 1850), Pie IX nomma le cardinal Antonelli au poste de ministre des affaires étrangères, qu'il n'a cessé d'occuper depuis cette époque.

Le 12 juin 1855, le ministre fut frappé par un assassin d'un coup de poignard, qui, d'ailleurs, ne mit point ses jours en danger.

MONSEIGNEUR DUPANLOUP

Félix-Antoine-Philibert Dupanloup est né le 3 janvier 1802, à Saint-Félix, en Savoie (diocèse de Chambéry, alors arrondissement du Mont-Blanc). Il obtint ses lettres de naturalisation en 1833. Il fit ses études théologiques dans la maison de la rue du Regard, à Saint-Nicolas du Chardonnet et à Saint-Sulpice. Ordonné prêtre en 1825, il fut choisi comme confesseur du duc de Bordeaux. Nommé vicaire de l'Assomption, il ne tarda pas

Le maréchal O'Donnell. (Page 8.)

à quitter cette position pour devenir préfet des études, puis directeur du séminaire de Saint-Nicolas.

Chargé en 1834 d'ouvrir les conférences de Notre-Dame, il le fit avec un éclat qui lui valut, en 1841, une chaire d'éloquence sacrée à la Sorbonne; mais son cours fut fermé à la suite d'une leçon très-tumultueuse sur Voltaire.

Appelé en 1849 à l'évêché d'Orléans, il n'en continua pas moins à prendre part, dans *l'A ni de la Religion*, dont il était rédacteur avant son épiscopat, à la polémi-que quotidienne touchant certaines questions religieu-ses, et notamment la question de la liberté de l'ensei-gnement.

En 1854 il fut élu académicien en remplacement de Tissot.

Quant au rôle qu'il a joué dans ces derniers temps à l'occasion des événements de Rome et d'Italie, nous n'avons pas besoin de le rappeler ici : le retentissement qu'ont eu ses écrits au sujet des affaires de l'Église nous dispense de nous étendre sur ce chapitre.

Le général Cousin de Montauban. (Page 9.)

LE MARÉCHAL O'DONNELL

Léopold O'Donnell, sur lequel l'expédition du Maroc a jeté un si vif et si glorieux éclat, est né en 1808 d'une famille originaire d'Irlande.

Soldat dès son adolescence, à vingt-cinq ans il commandait un régiment. A l'avènement d'Isabelle, fille de Ferdinand VII, il prit parti pour la reine régente, Marie-Christine, bien que plusieurs de ses frères servissent dans les rangs de l'armée carliste. Il fut fait comte de Lucena à la suite de la victoire sur Cabrera, suivit la reine Christine en France lorsque Espartero s'empara de la régence, rentra en Espagne en 1843, après la chute du régent, se fit chef du parti libéral, à la tête duquel, soutenu d'une partie de l'armée, il entreprit la campagne de 1854, qui l'amena au pouvoir avec Espartero, son ancien ennemi.

Bientôt en lutte avec son collègue, il l'évinça du pouvoir, se vit renversé à son tour, et, rentré dans les

L'amiral Rigault de Genouilly.

rangs de l'opposition, il usa de son influence pour reprendre le portefeuille de premier ministre, qu'il cumule encore aujourd'hui avec le département de la guerre.

O'Donnell est, à l'heure présente, le meilleur homme de guerre de l'Espagne. La campagne du Maroc, la première que l'Espagne ait faite depuis ses discordes civiles, l'a placé à un très-haut rang dans l'estime des gens du métier.

LE GÉNÉRAL MONTAUBAN

Un des plus braves généraux de notre armée d'afrique. Après avoir brillamment combattu contre les Arabes et conquis les grades supérieurs à la pointe de son épée, il servit à l'armée d'Italie et s'y fit distinguer par l'Empereur, qui se souvint de lui lorsqu'il s'agit de venger l'insulte faite à notre pavillon par les Chinois: le général Montauban commande les troupes de débarquement de l'expédition de Chine.

L'AMIRAL RIGAULT DE GENOUILLY

Illustré par sa glorieuse expédition de Cochinchine, est né le 12 avril 1807. Elève de l'Ecole navale en 1823, enseigne en 1830, lieutenant de vaisseau en 1834, capitaine de vaisseau en 1841, contre-amiral en 1854 et envoyé avec ce grade en Crimée, où il commanda, pendant le siège de Sébastopol, un détachement de marins.

En 1856, envoyé dans l'Indo-Chine à la tête d'une division navale, il coopéra à la prise de Canton. De là il partit pour la Cochinchine, où, malgré mille difficultés résultant de la disposition des lieux et du climat, il

Abd-el-Kader.

ttia rudement les habitants de l'empire d'Annam et nquit à la pointe de son épée les épaulettes de vice-iral.

ABD-EL-KADER

Sidi-el-Hadji-ouled-Mahi-Ed-Din, fils d'un marabout s-vénéré de la province d'Oran, naquit vers 1807 aux virons de Mascara, fit longtemps la guerre aux fran-

çais au nom de la religion et de la nationalité arabes. Après avoir vaillamment combattu les meilleurs généraux et les meilleurs soldats de la France, il fut complétement défait par le général Bugeaud, et forcé de se réfugier dans le Maroc, où, après deux années d'incursions continuelles sur nos possessions, il se vit enfin réduit à se soumettre et se rendit au général Lamoricière.

Transporté en France et détenu tour à tour au fort Lamalgue, au château de Pau et au château d'Amboise,

Le général de Beaufort-d'Hautpoul.

il fut rendu à la liberté par l'empereur Napoléon III, et choisit Brousse pour retraite. Il en fut chassé par le tremblement de terre de 1855 et se retira à Damas, où son dévouement pour la France et pour le nom chrétien s'est signalé par l'héroïsme avec lequel il sauva des milliers de victimes vouées à la mort par les musulmans dans les derniers massacres de Syrie. La croix de commandeur de la Légion d'honneur a été la digne récompense de sa généreuse intervention.

LE GÉNÉRAL
DE BEAUFORT-D'HAUTPOUL.

Commandant le corps expéditionnaire de Syrie, entra au service en 1823, prit part aux expéditions de Crimée et d'Alger, passa plusieurs années en mission en Egypte et en Perse, fit, comme chef d'état-major du duc d'Aumale, près du général Pélissier, les campagnes d'Afrique depuis 1843. Rentré en France en 1858, il commanda la subdivision de l'Yonne, et fut attaché comme chef d'état-major au 5e corps de l'armée d'Italie.

Le Prince Régent de Prusse. (Page 15.)

Lord John Russell. (Page 17.)

Revue de l'armée et de la garde nationale de Paris passée par l'Empereur à l'occasion de l'annexion de la Savoie. (Page 17.)

LE PRINCE RÉGENT DE PRUSSE

Guillaume (Louis-Frédéric), prince de Prusse, exer-çant aujourd'hui la régence, par suite de l'état mental de son frère aîné, le roi de Prusse, est né le 22 mars 1797. Il fit contre la France les campagnes de 1813 et de 1815. Chef du parti militaire en Prusse, les événements de 1848 l'obligèrent à fuir sa patrie. Il y revint un peu plus tard, commanda les troupes prussiennes chargées de réprimer la révolution dans le grand-duché de Bade,

devint gouverneur des provinces rhénanes, puis fut ap-pelé à la régence. Les conférences de Bade entre l'em-pereur des Français et les princes souverains de l'Alle-magne ont contribué à attirer sur Louis-Frédéric-Guil-laume l'attention de l'Europe.

Marié en 1829 à la princesse Marie-Louise-Auguste-Catherine de Saxe-Weimar, il a eu d'elle une fille et un fils, qui a épousé la fille aînée de la reine d'Angleterre.

L'Empereur reçu à la gare de Bade par le grand duc. (Page 18.)

La villa Stéphanie, résidence de Napoléon III à Bade. (Page 18.)

Char funèbre du prince Jérôme. (Page 18.)

LORD JOHN RUSSELL

Lord Russell, un des premiers hommes d'État de l'Angleterre, chef du parti whig et membre influent du ministère Palmerston, est né le 18 août 1792. C'est le troisième fils du duc de Bedford, descendant d'une des plus vieilles et des plus illustres maisons de la Grande-Bretagne. Après avoir débuté par quelques écrits littéraires et végété longtemps assez obscurément dans les rangs de l'opposition à la Chambre des communes, il parvint à grand'peine aux affaires sous le patronage de lord Grey. Ce ne fut que lentement et à force de patience et de travail que lord Russell réussit à occuper la position due à son mérite et à se faire une place au soleil de la popularité.

ÉVÉNEMENTS MÉMORABLES

DE L'ANNÉE 1860

ANNEXION DE LA SAVOIE A LA FRANCE

Parmi les grands événements accomplis dans le cours de l'année 1860, il faut citer en première ligne l'annexion de la Savoie, cette noble et vaillante contrée, admise, après quarante-cinq années de séparation, à rentrer dans le sein de la grande famille française, dont nos malheurs l'avaient fait sortir. Cette conquête pacifique, fruit de nos victoires d'Italie, s'est accomplie en vertu du libre suffrage des populations savoisiennes sanctionné par le consentement du roi Victor-Emmanuel et par le vote du parlement piémontais. Acclamée par la population des

2

Vue de la place de la Cathédrale, à Palerme. (Page 24.)

les et des campagnes de la Savoie, l'annexion a été
ébrée à Paris le 21 juin par une grande solennité
litaire consacrée à la fraternisation des deux peuples,
s'est traduite par les cris de : *Vive l'Empereur* !

MORT DU PRINCE JÉRÔME NAPOLÉON

.a joie dont cette adoption a rempli tous les cœurs
nçais a été malheureusement troublée par la perte
prince Jérôme Napoléon, ancien roi de Westphalie,
lernier survivant des frères de l'empereur Napoléon Ier.
château de Villégénis où il avait rendu le dernier
pir, ses dépouilles mortelles ont été transportées à
is, où les attendaient des funérailles dignes de la

haute position du défunt. Le corps a été déposé dans les
caveaux des Invalides non loin du tombeau du grand
Empereur.

VOYAGE DE L'EMPEREUR A BADE

La jolie petite ville de Bade, le rendez-vous d'été de
l'Europe aristocratique, a été, depuis le 15 jusqu'au
18 juin, le siège d'un véritable congrès de souverains :
l'empereur des Français, le duc régent de Prusse, et les
divers potentats qui font partie de la Confédération ger-
manique, à l'exception de l'empereur d'Autriche, fai-
saient partie de cette auguste réunion. Napoléon III
a occupé, durant son court séjour à Bade, la villa Sté-

Présentation à S. M. l'Impératrice d'une députation de Bressannes, à Mâcon.

phanie, charmante habitation construite sur la rive de la Moore. Rien de certain n'a transpiré sur le secret de cette entrevue, où s'agitait le sort de l'Europe.

VOYAGE DE L'EMPEREUR ET DE L'IMPÉRATRICE

En Savoie, dans le midi de la France, en Corse et en Algérie

Au mois d'août 1860, S. M. l'Empereur résolut de visiter avec l'Impératrice les provinces nouvellement annexées à la France par suite des résultats de la guerre d'Italie, et de profiter de cette excursion pour se montrer aux populations du midi de la France, ainsi qu'à celles de la Corse, berceau de sa dynastie, et de nos possessions africaines. Ce voyage, qui n'a été qu'un long triomphe, absorberait, pour être raconté et illustré dans tous ses détails, au delà des pages que contient ce volume. Nous nous bornons à le mentionner et à en reproduire par l'illustration deux des plus pittoresques épisodes, renvoyant le lecteur curieux d'en savoir davantage au récit détaillé publié par l'éditeur Havard, et enrichi de splendides gravures.

CHRONIQUE ÉTRANGÈRE

Si nous quittons la France pour passer en revue les événements mémorables accomplis à l'étranger, nous trouvons, par ordre de date :

La capture de Schamyl, chef des montagnards du Caucase, qui tint si longtemps en échec les armées du czar, et dont la chute a entraîné la soumission de toutes les tribus rebelles ;

Le procès et l'exécution de Brown, le Spartacus des États-Unis, jugé et mis à mort par les planteurs de la Virginie, pour avoir tenté d'affranchir les noirs de la servitude, et duquel un poëte célèbre, dans une lettre devenue populaire, embrassa si chaleureusement et si éloquemment la cause, qui est celle de l'humanité ;

Puis l'émancipation de la Sicile, provoquée par Garibaldi à la suite d'une sanglante lutte entre ce chef de

Passage des soldats de Garibaldi dans le bourg de Partenico.

PALERME

Vue prise du côté de la mer.

[Les Palermitains à la porte San-Felice

La rue de Tolède à Palerme, le 27 mai.

isans et les troupes royales, et terminée par la prise
'alerme, où le conquérant établit le siège de son gou-
vement.

joutons que l'affranchissement de la Sicile n'a été
le prélude de la révolution qui vient de précipiter
trône François II, dernier rejeton de la race des
rbons de Naples, lequel a abandonné sa capitale sans
p férir, après s'être vu tour à tour trahi ou délaissé
tout s n entourage. Retiré à Gaëte avec une armée
re imposante, ce prince soutient, à l'heure où nous
ninons ce résumé historique, la lutte contre les vo-
aires de Garibaldi, sans succès décisifs de part ni
tre.

tons encore, parmi les événements qui ont marqué
urs de l'année 1860, les massacres des chrétiens par
musulmans en Syrie, massacres mêlés de viol et de
ge, et qui ont coûté la vie à plus de 20,000 de nos
eligionnaires. La France, protectrice séculaire du
stianisme en Orient, a envoyé, pour défendre les
mes et concourir à la punition des bourreaux, un
s d'armée commandé par le général de Beaufort-
utpoul, dont nous donnons le portrait plus haut.

Me LACHAUD

DU BARREAU DE PARIS

L'*Almanach du Voleur* manquerait à sa vocation, qui
est d'enregistrer les noms de toutes les illustrations qui
ont marqué dans le cours de l'année, s'il omettait celui
de Me Lachaud.

Me Lachaud, dont la parole éloquente a retenti avec
éclat devant les tribunaux de Paris et des départements,
est né le 25 février 1818, à Treignac (Corrèze).

Il débuta fort jeune au barreau de Tulle, où le fameux
procès de madame Lafarge, qu'il défendit avec plus de
talent que de bonheur, l'a mis pour la première fois en
lumière.

En 1843 il vint à Paris, où il épousa la fille de M. An-
celot, l'académicien, et où il se créa, par son mérite et
par sa persévérance, une brillante et solide réputation.

Honoré des suffrages de ses confrères comme membre
du conseil de l'Ordre, Me Lachaud occupe au palais une
place peu éloignée de celle des hautes notabilités du
barreau parisien, Dufaure, Marie, Plocque et Berryer.

Épisode des massacres de Syrie. (Page 24.)

Schamyl et ses murides. (Page 19.)

ÉVÉNEMENTS MARITIMES.

—

SIR JOHN FRANKLIN.

Les derniers mois de l'année 1859 ont été signalés par la nouvelle d'une découverte poursuivie depuis plusieurs années. Le *Fox*, vaisseau frété par la veuve du capitaine John Franklin, est parvenu à fixer tous les doutes qui subsistaient sur le sort de ce malheureux et infortuné marin, ainsi que de son équipage. Il est maintenant certain que l'*Erebus* et le *Terror*, composant l'expédition commandée par cet intrépide officier, ont été abandonnés dans les mers glaciales le 22 avril 1848, non loin de Point-Victory. Franklin était mort dès le 11 juin 1847. Les équipages, après avoir lutté longtemps contre le froid, la faim et toutes les horreurs d'un climat mortel et d'une contrée aride et déserte, ont péri jusqu'au dernier homme, ainsi que le démontrent les squelettes qui ont été retrouvés dans les glaces et sous les neiges.

—

INCENDIES DE NAVIRES.

Dans le courant du mois de septembre 1859, un navire marchand, le *Shah-Jehan*, allant de Calcutta à Maurice, et portant, outre l'équipage et les voyageurs, 350 travailleurs indiens, prit subitement feu sans cause connue : l'incendie, qui avait pris naissance dans la cale, se déve-

John Brown. (Page 19.)

Ioppa malgré tous les efforts faits pour le comprimer, et contraignit les passagers et les marins à chercher leur salut dans les embarcations du navire. Dans la scène de confusion qui s'ensuivit, plusieurs canots chavirèrent, un radeau fut englouti. Soixante hommes environ, avec le capitaine, échappèrent à la mort. Le reste périt dans flammes et au sein des eaux.

Une catastrophe du même genre, mais heureusement moins meurtrière, est celle qui anéantit, dans le port de Malaga, le *Genoa*, navire italien, qui naviqua pendant plusieurs jours avec le feu dans sa cale, et parvint à atteindre la terre avant que l'incendie eût fait explosion.

M⁻ Lachaud, défenseur de la dame Lemoine. (Page 24.)

LE PARC DU VÉSINET.

dimanche 19 août, ont eu lieu avec solennité
guration et la bénédiction des machines hydrau-

liques destinées à alimenter les lacs, les rivières et
les propriétés particulières du parc. Cette solennité,
à laquelle avait pris part le clergé de Versailles, son vé-
nérable archevêque en tête, ainsi que de hauts fonction-

Le capitaine John Franklin. (Page 26.)

naires de l'Etat, MM. Ach. Fould, Rouher, Cornuaut etc., a été couronnée par un double banquet, l'un offert par M. Pallu, directeur de la compagnie, à ses honorables hôtes, l'autre réunissant à une même table les trois cents ouvriers qui ont concouru aux travaux.

La forêt du Vésinet, située sur les bords de la Seine, au pied de la terrasse de Saint-Germain, a été transformée, tout récemment, en un parc dans le genre de celui du bois de Boulogne.

La magnificence des points de vue qui l'entourent, ses promenades, ses lacs, ses rivières, ses prairies, en font un des plus charmants séjours des environs de Paris.

Les terrains de ce parc, pourvus d'un service d'eau pour les besoins domestiques et l'arrosement, au moyen du service hydraulique qui fait l'objet de nos gravures (pages 32 et 34), sont vendus par lots aux personnes qui désirent s'y créer une maison de campagne.

Acheter un terrain au Vésinet, c'est donc devenir, par le fait, propriétaire d'un parc de 450 hectares.

De nombreuses maisons sont déjà édifiées ; de nouvelles s'élèvent chaque jour.

L'ensemble du parc est uniquement consacré aux propriétés privées ; mais, pour satisfaire aux besoins de ses habitants, des parties sont réservées à des villages d'approvisionnement qui s'y créent en ce moment, avec leurs boutiques, leurs marchés, une église.

Le parc du Vésinet est entouré de lieux habités. Le Pecq et Saint-Germain sont à deux pas ; les fournisseurs de ces deux localités portent à domicile tous les objets de consommation.

On se rend en une demi-heure de Paris au Vésinet par le chemin de fer de Saint-Germain, dont les convois partent toutes les heures, depuis sept heures et demie du matin jusqu'à minuit et demi. Ce chemin de fer traverse le Vésinet dans toute son étendue et le dessert par deux stations : celle de Chatou, située à 500 mètres en dehors du parc ; celle du Vésinet, dans le parc même. (Voir plus loin pages 32 et 34.)

H. LINTON SC.

F.V. DE BERARD

Le Shah-Jehan abandonné par son équipage et ses passagers. (Page 26.)

Incendie du Camoens dans le port de Malaga. (Page 26.)

Dess. MORIN.

Lac de Croissy, dans le parc du Vésinet. (Voir l'article pages 28 et 29.)

S'adresser pour les renseignements : à MM. PALLU et Cie, rue Taitbout, 65

L'inauguration des machines hydrauliques dont nous avons parlé plus haut contribue à donner au parc du Vésinet une animation et un aspect pittoresque dont on ne saurait se faire une idée. L'eau qui anime et vivifie le paysage a fait du Vésinet un véritable paradis terrestre. A l'heure qu'il est, ce village né d'hier est en train de devenir une charmante petite ville, où les agréments de la campagne s'unissent à ce confort de la vie élégante devenu une nécessité dans ce siècle de bien-vivre et de raffinements.

(*Voir la gravure ci-contre et la suivante.*)

UN B.ENFAIT N'EST JAMAIS PERDU.

Il y a environ deux ans, au moment où madame Lachapelle descendait de sa voiture, rue Monthabor, 27, pour entrer dans son cabinet de consultation, une jeune fille de douze ans se précipita presque à ses genoux, en lui disant avec des larmes dans la voix : — Au nom du bon Dieu, que je prierai pour vous, venez voir ma mère !...

Madame Lachapelle est la bonté même. C'est un de ces cœurs d'or qui ne peuvent pas savoir une souffrance sans la soulager. Elle se rend aux prières de la jeune fille et trouve une pauvre femme clouée au lit, depuis une dernière couche bien funeste et bien cruelle.

Madame Lachapelle, qui ne montrait peut-être pas le premier d'une femme riche, parce qu'elle a usé ses forces à rendre la santé aux belles dames qui ont eu confiance dans son talent de médecin célèbre, ne recula pas devant les fatigues d'une action aussi méritante. Elle soigna la pauvre malade comme elle eût soigné une princesse russe, et aujourd'hui sa chère convalescente vient continuer son traitement à son cabinet et achever sa guérison.

Une jeune et riche femme que madame Lachapelle soignait dans le même moment, et à laquelle elle avait raconté cette histoire, fit le vœu que, si le bon Dieu exauçait ses désirs et lui envoyait un petit ange pour égayer sa vie, elle prendrait soin du petit enfant qui avait failli coûter l'existence à la pauvre mère.

Est-ce le traitement de madame Lachapelle, est-ce un miracle du ciel? toujours est-il que la jeune femme, qui avait été pendant huit ans de suite demander aux sources de la Géronstère la vertu de fécondité qu'on leur attribue et qui avait mis plus d'une fois son joli pied sur le bord du puits, dans l'empreinte de la sandale de l'ermite, est devenue mère, et qu'elle a aujourd'hui deux enfants au lieu d'un : celui de la femme pauvre, qu'elle a promis d'élever et d'adopter, et le blond chérubin objet de tous ses rêves.

UN DÉJEUNER D'ÉPREUVE.

Pendant la guerre de Crimée, la désolation était au comble chez les touristes russes.

La France, Paris surtout, si aimé par eux, leur fut interdit par leur souverain ; mais à peine la paix fut-elle signée que ces grandes et nobles familles moscovites revenaient bien vite vers ce cher Paris, qui les aime aussi.

Parmi nos charmantes revenant des bords de la Néva, se trouve une jeune et jolie princesse de la maison T***. Sa beauté est angélique et souveraine, sa distinction est parfaite : des yeux bleu de ciel, des cheveux d'ébène, un joli nez grec d'un galbe ravissant, une bouche rose parée de perles d'Orient, avec tout cela le moyen de ne pas exciter tout à la fois l'admiration et la jalousie? Dans un de nos salons bien fréquentés du faubourg Saint-Germain où on donne chaque hiver des fêtes splendides,

se trouvait la princesse T***, entourée, complimentée, courtisée et fêtée par l'élite de cette haute aristocratie. Là se trouvait aussi la blonde lady Card ***, — la fleur des trois royaumes-unis, toute jeune encore, infatigable touriste et qui pourrait déjà écrire l'histoire géographique des quatre parties du monde. Désolée de voir sa cour habituelle porter aux pieds mignons de la princesse ses hommages et ses respectueuses galanteries, elle dit tout bas à la plus indiscrète de nos comtesses qu'elle avait déjà vu la princesse dans un salon de Saint-Pétersbourg avec des dents fort rares et d'un émail moins éblouissant. Notre comtesse sourit pour montrer les siennes superbes de petitesse et de blancheur. La révélation était formidable d'humiliation. Avant de la communiquer au fil électrique de la médisance, elle pensa qu'il serait prudent et honnête d'être bien convaincue. Puis une grande dame russe qui a de si nombreux mérites peut facilement faire rebrousser chemin au jaloux dénigrement. De concert avec l'une de ses amies et lady Card ***, on tendit aux perles de la princesse un dangereux trébuchet. Lady et la comtesse furent visiter la princesse T***, et l'invitèrent à un déjeuner d'amies dans l'hôtel-miniature de lady Card ***, avenue de l'Impératrice. Ce déjeuner était composé de mets résistant à la plus naturelle et la meilleure incisive, et parmi eux des artichauts qui n'étaient pas de la première jeunesse, du jambon de Bayonne d'un parfum et d'un goût exquis, mais d'une fermeté d'acier fondu, de poule plusieurs fois mère destinée au riz, et que la cuisinière avait par mégarde mise à la broche. On commença par les artichauts qui furent croqués à belles dents par nos quatre convives. Vint le tour du jambon. A peine y avait-on touché que deux des plus belles dents de lady Card *** se détachèrent de leurs gencives roses et tombèrent à grand bruit dans son assiette. Jugez de la honte et de la confusion de notre insulaire ! La princesse T*** fut la première à lui prodiguer des paroles de consolation ; et, avec ce timbre de voix qui caresse la plus vive douleur, lui dit : Ne soyez pas aussi affligée, chère lady, je connais un célèbre chirurgien-dentiste qui jouit parmi nos dames de Saint-Pétersbourg, d'une grande et légitime réputation. Ce dentiste est M. Fattet. Je puis d'autant mieux vous le recommander, qu'il m'a posé à moi-même, il y a bientôt dix-huit mois, onze dents avec lesquelles je broie les aliments les plus durs, entre autres des fruits encore verts, que je m'en rendre malade.

Et en disant cela elle montrait sa mâchoire, d'une blancheur de neige, où nulle trace de l'art dentaire n'était visible. Ceci, au moins, s'appelle de la franchise extrême. La comtesse et son amie en furent touchées et se promirent d'en garder le secret. La pauvre lady fut punie par où elle avait péché. La princesse ne fait mystère à personne de l'origine de sa jolie denture: on ne veut pas absolument y croire, et sa cour lui reste plus assidue, plus nombreuse et plus fidèle que jamais.

LA LINGÈRE DES PAUVRES.

Rue Grenelle-Saint-Germain, dans un hôtel princier, vit sans éclat une dame portant un nom qui date des premières croisades. Elle est veuve, jolie, toute jeune encore, et n'a qu'une fille qu'elle fait instruire sous ses yeux par des maîtres qui en remonteraient à toutes les académies. Depuis cinq ans que dure son veuvage, plus d'un prétendant grand seigneur a sollicité le bonheur de le faire cesser, mais hélas! sans y réussir. La marquise de R... appartient à sa fille d'abord, et devinez ensuite à qui... aux pauvres de son arrondissement, dont elle est la mystérieuse providence, et ce qu'il y a de plus merveilleux dans cette providence c'est qu'elle a un cœur d'or et des mains de fée! qu'elle travaille du ma-

Bénédiction, par l'archevêque de Versailles, des machines hydrauliques du Vésinet, le dimanche 19 août.

tin au soir comme une simple mortelle. Cette bonne marquise a organisé dans une chambre donnant sur le jardin de son hôtel un atelier de lingerie où se trouvent trois ouvrières auxquelles viennent souvent s'adjoindre les doigts de neige de Mesdemoiselles Fist***. On y confectionne des chemises pour les deux sexes, des camisoles, des jupons, des bonnets, des fichus taillés et rognés par elle avec une habileté à désespérer madame Payen. Ces confections à peine terminées sont aussitôt distribuées aux infortunes que lui signalent le clergé de sa paroisse et deux de ses amies qui ont accepté la mission de les découvrir.

Faire du bien aux malheureux et en faire le plus possible est aujourd'hui la suprème joie de la marquise de R... Aussi a-t-elle couru tous les magasins de blanc pour y trouver des étoffes au meilleur marché possible et c'est la maison *Vendome-Hirne* qui a obtenu le privilège de la fournir. Cette maison recommandable sous tous les rapports s'est en quelque sorte associée à cette œuvre charitable en lui vendant ses marchandises à un prix plus réduit encore qu'elle ne les vend ordinairement et qui sont déjà dans des conditions de bon marché extraordinaires. Les pauvres de la marquise de R... doivent donc une petite part de leur reconnaissance à la maison Vendome-Hirne et la marquise lui témoigne de son côté en la recommandant à ses amies préférées et aux bureaux de bienfaisance, qui recherchent toujours la bonne qualité unie au bon marché exceptionnel.

LES EVER-GLADES DE LA FLORIDE.

Il existe dans le sud de la Floride (États-Unis), aux environs du lac Okochochee, de vastes étendues d'eau appelées *Ever-glades*, dont les sources et les débouchés sont également ignorés.

Ces marais sont parsemés de petites îles sur le sol desquelles fleurissent des buissons d'arbrisseaux et dont les bords sont hérissés de milliers de plantes aquatiques. Une particularité singulière, c'est que les indigènes, qui se baignent habituellement dans ces marais, conservent jusqu'à la plus extrême vieillesse leurs cheveux sans la moindre altération de couleur. Cette circonstance, remarquée par un missionnaire qui habita longtemps ces contrées et qui joignait à un esprit observateur quelques notions de chimie, sert, dit-on, de base à l'invention de l'*Eau de la Floride*, dont la composition renferme exactement les mêmes éléments que l'eau des *Ever-glades*, et qui possède, comme elle, la propriété de conserver ou de rétablir la substance colorante des cheveux.

CONSÉQUENCES DE LA RÉDUCTION DES DROITS DE DOUANE.

On sait que c'est à l'initiative de la *Maison Ménier* qu'est due l'extension qu'a prise en France la consommation du Chocolat. A l'époque où cette maison conçut l'idée de créer une grande industrie sur la fabrication de ce produit, c'était un aliment peu répandu, et dont la production n'avait pas d'importance commerciale. Ce fut par une réduction considérable dans les prix, tout en offrant d'excellentes qualités, qu'elle réussit à faire pénétrer dans toutes les classes l'usage du chocolat, et à constituer une industrie brillante, qu'on croirait spéciale à la France, tant elle prime ce qui se fait aujourd'hui dans les autres pays d'Europe. Ce résultat remarquable a été produit par l'application de ce principe industriel : « On ne fait quelque chose de grand et « d'utile dans une fabrication quelconque qu'à la con- « dition d'appeler les masses à la consommation des « produits.

Fidèle à ses traditions, la Maison Ménier a accueilli avec une vive satisfaction le dégrèvement sur le sucre et le cacao, dont elle sollicitait depuis longtemps la réalisation. Elle voulait trouver dans la réduction des droits les moyens d'abaisser encore le prix du Chocolat et d'en populariser l'usage : aussi, malgré les cours élevés du cacao, ce dégrèvement une fois accompli, elle n'hésite pas à reverser entièrement sur les consommateurs le bénéfice de cette libérale mesure. En conséquence, le CHOCOLAT MÉNIER, santé, qualité fine (papier jaune), si généralement apprécié, est réduit de 2 fr. à 1 fr. 80 le demi-kilo.

L'ENNEMIE DU GENRE HUMAIN.

La douleur, cet héritage que les générations se transmettent aveuglément, qui nous accueille dans la vie et nous congédie vers la mort, est notre plus dur souci. Qu'elle s'attaque au corps ou à l'âme, elle manifeste également sa puissance. Comme le Protée de la fable, elle revêt toutes les formes, s'ingéniant toujours à nous tromper et à nous faire subir le martyre de la vie. Le corps humain est si bien fait pour lui donner asile! Cette structure compliquée, ces articulations si délicates, ce réseau nerveux si impressionnable, ce tissu cellulaire de la peau qui vit, absorbe et digère presque à l'instar du tissu végétal, toute cette organisation loge et nourrit la douleur. Les sauvages et les anciens, dans leur sagesse primitive, avaient bien compris que le derme de la peau demande un aliment pour vivre et ne pas souffrir : de là, ces frictions d'huile où les athlètes puisaient la force et l'élasticité, et les hommes des forêts la santé. Que la douleur se nomme goutte, rhumatisme ou névralgie, elle cède à cette nourriture fluide, salutaire qui vient vivifier les pores de la peau, adoucir et faciliter le jeu des articulations. Voilà tout le mystère de l'action calmante de l'*huile de marrons d'Inde*; c'est un aliment externe d'autant supérieur aux huiles ordinaires qu'il est plus fluide, qu'il est absorbé plus rapidement. L'*huile de marrons d'Inde* est une huile de fécule, comme l'huile de blé, de seigle, etc.; elle se vend 10 fr. et 5 fr.; rue des Beaux-Arts, 14, et dans toutes les pharmacies.

LES DENTS ARTIFICIELLES.

Considérées soit comme *instruments* d'utilité, soit comme ornement de la bouche, les dents forment, sans contredit, une des parties les plus importantes de l'organisme; aussi de tout temps a-t-on proclamé la nécessité de faire remplacer les *dents* tombées ou extraites par des pièces *dentaires* artificielles. Le choix de ces pièces ne saurait être, toutefois, indifférent. Si les *unes*, en effet, par le choix des matières qui entrent dans leur *composition*, par leur *mode* de fixation, leur légèreté et leur solidité, n'offrent aucun inconvénient pour la bouche et rendent absolument les mêmes services que les *dents naturelles*, il n'en saurait être de même des dents *minérales* ou de *crochets* ou de plaques *métalliques*, d'étain, de plomb ou de palladium, annoncées ordinairement 5 fr.

Les dangers qui peuvent résulter pour la bouche et la santé de ces sortes de pièces dentaires sont nombreux. Je citerai surtout ici : 1° la *meurtrissure* et la *déchirure* des gencives; 2° les *ulcérations*, les *abcès* produits par la décomposition des aliments amassés dans la cuvette; 3° l'impossibilité de parler ou de manger avec ces pièces; 4° leur action galvanique et leur effet fatal sur les dents saines.

Quant aux dentiers à base de *caoutchouc vulcanisé*,

MUSÉE ARTISTIQUE DE L'ALMANACH DU VOLEUR

La vente de l'agneau favori, d'après un tableau de Collinse.

vendus depuis quelque temps sous *diverses dénominations*, s'ils offrent l'avantage de s'adapter aux arcades dentaires sans le secours de crochets ou de ligatures, ils ont toutefois le très-grave inconvénient d'occasionner des désordres notables dans toute l'économie, par suite de substances plus ou moins dangereuses qui se trouvent le plus souvent mêlés à la *vulcanité*.

Les pièces dentaires, exécutées d'après une méthode modifiée et perfectionnée depuis vingt ans, ne présentent aucun de ces inconvénients; formées d'une substance tout à la fois légère et transparente, elles imitent parfaitement les nuances des dents *naturelles* et ont obtenu l'approbation des médecins et du public.

GEORGES FATTET,
Professeur de prothèse dentaire, et auteur de nombreux ouvrages sur l'art du dentiste. 255, rue Saint-Honoré, où se trouve l'eau pour la guérison du maux de dents. Prix : 6 fr. avec la brochure explicative.

La mercerie, la passementerie et tous les objets qui se rapportent à l'ornementation des robes, aujourd'hui si riche et si variée, ont pris depuis quelques années une importance qu'on ne saurait contester. Aussi est-ce rendre aux dames un véritable service que de leur signaler une maison, la maison du *Glaneur*, rue Poissonnière, n° 5, où elles trouveront unis le goût, l'élégance, la qualité et le bon marché.

———

L'*Eau de mélisse* des Carmes a depuis longtemps fait ses preuves, et il serait, à l'heure qu'il est, superflu d'en vanter les vertus mais ce qui n'est point inutile, c'est de prévenir le public à l'endroit des contrefaçons qu'a suscitées la popularité de ce précieux cordial. La seule *Eau de mélisse* qui mérite et qui justifie la confiance qu'elle inspire, est celle de Boyer, rue Taranne, 14, qui est composée suivant la recette des bons pères, et dont M. Boyer possède sans partage le secret et la tradition.

. MUSÉE ARTISTIQUE DE L'ALMANACH DU VOLEUR

Le départ pour l'église, d'après un tableau de Colins.

MUSÉE ARTISTIQUE DE L'ALMANACH DU VOLEUR

Le gué du ruisseau, d'après un tableau de Linnel.

MUSEE ARTISTIQUE DE L'ALMANACH DU VOLEUR

Les maîtres sont le tors, d'après un tableau de Schlésinger.

CHOCOLAT-MENIER

La préférence que les consommateurs accordent au *Chocolat-Ménier* excite sans cesse des contrefacteurs à imiter la forme de ses tablettes, la couleur et les signes extérieurs de ses enveloppes.

Ces imitations coupables trompent chaque jour un grand nombre de personnes qui achètent du chocolat inférieur pour du *Chocolat-Ménier*, dont l'excellente qualité, toujours d'ailleurs en rapport avec le prix, est justifiée par plus de trente années de vogue soutenue.

Pour mettre un terme à ces manœuvres déloyales, le *Chocolat-Ménier* porte maintenant sur chaque tablette une marque de fabrique distinctive, avec signature, et conforme au modèle ci-contre.

Ainsi, toute tablette qui ne portera pas, sur la face opposée à l'étiquette à médailles, cette seconde marque de fabrique, devra être refusée par le consommateur.

GRAND

RESTAURANT DU DINER EUROPÉEN

151, *Galerie de Valois, au Palais-Royal*

DINERS à 3 fr. 75 c. → **DÉJEUNERS à 1 fr. 90 c.**

SALONS ET CABINETS DE SOCIÉTÉ

Vaste et magnifique local pour noces et repas de corps.—Salle de bal pouvant contenir 400 personnes

Douze fenêtres sur le jardin du Palais-Royal

ENTRÉE PARTICULIÈRE RUE DE VALOIS, 17 ET 19

BLOCH

DENTISTE

3, Boulevard Saint-Martin, 3

DENTS ARTIFICIELLES INALTÉRABLES

S'appliquant sans douleur et sans extraction de racines

DENTIERS GARANTIS — SOINS DE LA BOUCHE — EAU ET POUDRE

MUSÉE COMIQUE DE L'ALMANACH DU VOLEUR

CROQUIS DE CHASSE PAR MARCELIN (N° 1)

J'ajuste bien mon lièvre, je lâche le coup, et... chose incroyable...
— Vous le touchez ?
— Non, je le manque.

Je comprends maintenant pourquoi mon oncle tenait tant à me faire chasser avec cet animal-là : ça promène le chien et ça ménage le gibier.

MUSÉE COMIQUE DE L'ALMANACH DU VOLEUR

CROQUIS DE CHASSE PAR MARCELIN (N° 2)

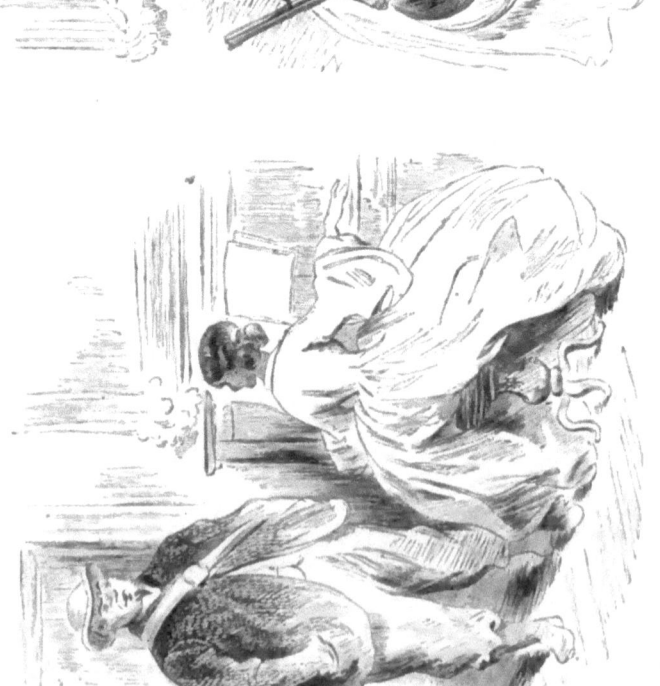

— Tu n'as pas rencontré M. Ernest? il sort d'ici; il y était depuis que tu es parti.
— Ah!... et qu'avez-vous fait tout ce temps?
— Un peu de bonne musique.

— J'avais pris un lièvre superbe et deux perdreaux, mais j'avais si faim à déjeuner que je les ai mangés.
— Tout vivants?

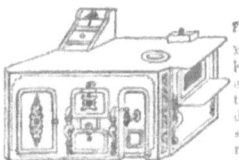

Ici est apposé le timbre sec de la Compagnie.

MARQUES DE FABRIQUE DE LA COMPAGNIE COLONIALE

Tout article offert par la COMPAGNIE COLONIALE qui ne portera pas sur l'enveloppe les marques ci-dessus, doit être refusé

La mission de la COMPAGNIE COLONIALE est de fabriquer du *bon Chocolat* et d'en propager l'usage. Elle ne fait pas du bon marché la question principale ; son seul but est de ne livrer que des produits irréprochables.

Tous les CHOCOLATS de la COMPAGNIE COLONIALE sont composés, *sans exception*, de matières premières de choix ; ils sont exempts de toute addition de substances étrangères, et préparés avec des soins inusités jusqu'à ce jour.

Contrairement à un abus qui existe dans le commerce, la COMPAGNIE COLONIALE ne prodigue pas à ses Chocolats les qualifications de *surfins* et *extra-fins*. Elle ne donne à ses produits que des dénominations sincèrement en rapport avec leurs qualités.

Le Chocolat, par exemple, qu'elle nomme simplement *bon ordinaire*, est de beaucoup supérieur à la majeure partie de ceux que l'on vend journellement sous le dénominations les plus exagérées. Et quant à ceux de ses Chocolats qu'elle nomme *Chocolats fins*, ils sont réellement d'une qualité *tout à fait exceptionnelle*.

CHOCOLAT DE SANTÉ			
Bon ordinaire.	. . .le 1/2 kil.	2	50
Fin.	id. . .	3	»
Superfin.	id. . .	3	50
Extra.	id. . .	4	»

CHOCOLATS VANILLÉS			
Bon ordinaire.	. . .le 1/2 kil.	3	»
Fin	id. . .	3	50
Superfin.	id. . .	4	»
Extra.	id. . .	5	»

CHOCOLAT DE POCHE ET DE VOYAGE (Par boîtes de 36 petites tablettes, 250 gr.)		
Superfin, la boîte.	2	25
Extra, la boîte.	2	50
Extra-supérieur, la boîte. . .	3	»

DÉPOTS À PARIS : Place des Victoires, 1; boulevard des Italiens, 11; et rue du Bac, 62

DANS TOUTES LES VILLES DE FRANCE ET DE L'ÉTRANGER, CHEZ LES PRINCIPAUX COMMERÇANTS

ENTREPOT GÉNÉRAL DES CHOCOLATS DE LA COMPAGNIE COLONIALE

Rue de Rivoli, 132 (ci-devant Place des Victoires, 2)

qui

PARIS. — TYPOGRAPHIE DE COSSON ET COMP., RUE DU FOUR-SAINT-GERMAIN, 43.

EXPLICATION DES RÉBUS DE L'AN DERNIER.

PREMIER RÉBUS.

Préférer la pêche au vin à la pêche au sucre, est une erreur gastronomique.

DEUXIÈME RÉBUS.

Vivre sans soucis c'est la pensée d'un philosophe.